KB265405

들판 정치

들판 정치

2024년 8월 13일 초판 1쇄 인쇄
2024년 8월 20일 초판 1쇄 발행

지은이 | 임영숙
펴낸이 | 孫貞順

펴낸곳 | 도서출판 작가
　　　　(03756) 서울 서대문구 북아현로6길 50
　　　　전화 | 02)365-8111~2　팩스 | 02)365-8110
　　　　이메일 | cultura@cultura.co.kr
　　　　홈페이지 | www.cultura.co.kr
　　　　등록번호 | 제13-630호(2000. 2. 9.)

편집 | 손희 김치성 설재원
디자인 | 오경은 박근영
영업 | 박영민
관리 | 이용승

ISBN 979-11-90566-96-4 (03810)

* 잘못된 책은 구입하신 서점에서 바꾸어 드립니다.

값 12,000원

작가기획시선 033

들판 정치

임영숙 시조집

작가

■ 시인의 말

너에게 말하지 않았던 뒤척임

생각의 형상에 닿기 위해

현실의 작은 표식을 남긴다

2024년 8월

임영숙

차 례

3부

제1부

꽃의 전언

뜨거울 때 꽃은 핀다
핀 음절이 말이 되듯

하고 싶은 말처럼
고백처럼 대화처럼

도무지 알 수 없는 말
다 못 써 가득한 섬광

물에 담긴 화성
– 성곽 따라 걷는 길

칠월의 꽃송이가 물 언덕에 담긴 곳
행궁동 봉수당 또, 초록비에 젖는다
맥문동 달빛화담에 청사초롱 불 밝히고

팔달산 서장대서 바라본 광교산이
서서히 서녘으로 몸 세워 꿈틀할 때
수주水州는 구름 속에 감춰둔
방패비늘 세운다

돌 하나에 마음 하나 층층이 벽을 세워
백성을 위한 마음, 천심으로 이어지나?
매홀買忽은 시간의 궤적
묵묵히 밟고 간다

꽃 찾고 버들 따라, 오랜 시간 견딘 세월
우뚝 선 방화수류정 십자가에 손을 포갠다
인고한 세월의 흐름 속 성곽 따라 걷는 날

그늘 무늬 끌고 온 한 쌍의 꼬리명주나비가
애틋한 모자 사이 되살아난 효심인 듯
팔달산 초록 물길 따라
유유히 몸을 튼다

들판 정치

들판에 부려놓은 바람의 난장亂場, 난장
피고 지는 꽃들 사이 매일이 혁명이다

줄 댄 채 줄로 얽힌 판
민초들의 날 샌 파동

들판 위 울음들로 모여 맺은 열매들
쏟아붓는 볕살 공습 뿌리째 흔들린다

옆으로 밀려 선 자리
우듬지를 향하며

들판엔 저마다의 향기로 대화하는데
포자처럼 떠도는 말, 내 귀를 간질인다

나, 이제 투표할래요
꽃, 나무, 강, 바다에게

귓속에서 심장 뛰는 소리가 들려요

기울인 왼쪽 귀에 외계인이 사나 봐요.
집중하면 할수록, 조용하면 할수록
두 두 두 심장 뛰는 소리
어둠 속에 들려요

며칠을 품고있어도 나올 생각 없는지
심장 소리 안고, 맥박 소리 달고
달팽이 이비인후과에
달팽이 의사 만나요

안경 낀 늙은 의사 더듬이가 날 봐요
고막이 말렸어요, 발살바 호흡해요
검이경 탐지하는 동안
컴퓨터에 접속해요

모스 부호 같은 말들 내 귓속에 울려요
누구의 타전인지 소리 깃이 겹쳐와요
동굴 속 또 다른 기적
언제쯤 괜찮을지

물집

투명한 물성마다 전이되는 비명이다
둥글게 맺힌 물집 그 울음을 삼키고
절벽을
흐르는 분홍
며칠째 대척하다

내 뒤를 추적하고 진지를 구축해서
물집 한 톨이 물집 한 톨보다 크게 폭발하는 곳
온몸은
수포 그림자
아우성만 남기고

지나는 세포막에 잇자국을 드러내는
악마의 습성처럼 생존형 이기주의
물집을
건너온 흔적
딱지꽃을 더듬는다

꿈의 몸짓

물속을 유영하는 주광성 피 돌고 있다
빛 쪽으로 움직이는 기억이 떠올라
한밤엔 바닥에 엎드려
낮을 기다리는

힘의 유속 견디며 오래 숨을 참는다
수초엔 느리게 슬픔의 독이 쌓이고
닳은 몸 백지처럼 흘러
뒤척이다 눕는다

누군가는 물 위로 오르라 말하고
누군가는 절대로 오르지 말라고 한다
일상에 빛을 맹신한
일그러진 짚신벌레

어두운 바닥에서 태양 빛을 쫓지만
구멍 난 어디서나 흙탕물에 잠길 뿐
다시, 또 서툰 몸짓으로
넓은 세상 꿈꾼다

그 거리距離

마음 먼저 달려가 물드는 무섬 와서

무심한 너로부터, 너로부터 떠 있는

너와 나, 서로 붙잡은 조각들은 달랐다

세상 밖 흐르는 물 겹의 층위 오간다

어디나 살아있으니 소식이 없는 것

부르튼 서성인 발등 푸른빛에 말린다

그녀의 여름

질 때는 지더라도
새 꽃 피워 올리고

인연이 다하면 미련 없이 지고 마는

한 평 땅
향기로 남아
펼쳐가는
여름 한 철

꽃은 아름다움을 버려야 열매를 맺듯
누리장나무 보석같이 걸어온 칠월 생

꽃 방패
가슴에 품고

기다리며
건너가는

끝나지 않는 시간

노도 속 아버지의 삶
흙 속에 묻힌 생

가는 비 흩날리는 끈끈히 젖은 시절

뒤란의 대추나무도
긴 숨을 쉬고 있다

파고든 아픈 자리
구멍이 생겨나고

먼지 같은 몸을 세워 넌츨넌츨 뻗은 손

앙다문 입가에서는
결기마저 보였다.

그 여름 짙은 안개가
비 냄새를 몰아오면

무너진 몸 그늘에 가시지 않은 향냄새

기도 속 슬픔 앞에서
내일은 더디 왔다.

꽃피는 그늘

새벽마다 두런두런 기도 소리 들리고
안방의 말소리가 뒤척이며 이어진다

밖으로 이어진 세상은
어슴푸레한 미명이다

아버지의 잦은 기침, 어머니의 신경통
골목은 내 잠을 썰물처럼 밀어내고

어딘지 알 수 없는 곳
그 길 향해 달린다

꿈처럼 들꽃처럼 세상에 피고 지며
어릴 적 세상 밖을 걸어가신 당신이

한세상 이끌고 있다
그늘 속에 피는 꽃

나무의 대화법

숲속 길 그대 앞에 우연히 마주 선 날
깊고 작은 숨을 고르는 당신, 아픈가요!

푸른 잎 자랄 때까지
조금만 기다려요.

그 길에, 우리 서로 피었다가 물들다가
바람에 흩어진대도 내 말 좀 들어봐요

요 며칠 견딜 수 없어
푸른 무늬 못 버려요

혹 주먹 솟아나도
잘라내지 말아줘요
지면 위로 뿌리 올려 버티고 있는 것은
무언의 남겨진 말을 외치는 까닭이죠

방어기능 상태조차 잘라내려 한다면
흔적없이 가는 길, 그 시간 기다려요
선 자리 울음 새기며
뿌리 깊이 내려요

크레센도

악보에서 대화하는 음표를 바라본다
꿈길을 걸으며 잰 마디 건너가는

그 길에
떠나지 못한
감정들도 박혀있다.

나를 지탱하며 두 발로 곧추서서
자유롭고 고독하게 설렌 나는 연주한다

크레센도
내가 제일 작을 때,

커질 일만 있다고 생각

도솔암 가는 길

선운산 깊은 골에 꿈인 듯 들어서면
못 위의 거처인 듯 몸을 세운 도솔암

긴 장마 안개 속 깊이
사유에 잠겨있다.

오묘한 경판 같은 거대한 돌 속에
그댄 멀리 있고 나는 안개에 갇혀

서로를 향해 흘러가는
도솔천 물소리

독 품은 붉은 버섯 눈빛 가득 경고하면
스위치 켠 그 길 위에 헛된 충동 사라질까

안개비 옷자락 휘날리며
도솔산을 넘는다

백색소음
– 폭설이 내리는 풍경 속에 내가 있다

침묵의 심연 속에 홀로 선 나를 본 날 서서히 젖어 드는
대낮의 그림자 몇
언젠가 떠나지 못한 영혼처럼 눈이 내린다

젖은 말 쏟아내며 장막이 내리고 바람의 결을 따라 떠
도는 소리를
눈송이 천지간 소음 종일토록 견딘다

눈의 장막 막 사이로 점점이 멀어져가는 구름의 한쪽
솔 귀 허공에 흩뿌린 문장 묶음의 기록 남기며 하얗게 스
며든다

너무 많은 시간을 지나와버린 걸까 지워져가는 도시와
느리게 걷는 거리의 사람들 빽빽한 눈송이 너머로 너의
얼굴 얼비친다

백색왜성처럼

아득한 내일과 아련한 어제가 하얗게 빛날 때
모든 사람이 시간 앞에 평등하다는데

불안은
파랗고 시큼하다
덜 숙성된 오렌지처럼

울며 잠든 내 눈물에 흰 얼룩이 말라가듯

여긴 아주 조용해,
나의 별로 돌아갈 수 있을까

버릴 수 없는 나날들이 단단하게 식어간다

염화미소

소원을 들어준다는 부처님 전 조아렸다
소원과 속죄 하는 두 다리가 휘청였다
심약한 맘 운명처럼
흔들림이 다가왔다

여래좌* 웃음 따라 내 얼굴도 웃는다
염화와 미소는 붙어있어 왔지만.
표정만 웃는 속에선
염화 없는 미소만 있다

진심은 기다릴 뿐 외롭지는 않은 것
가식을 없애고 겉과 속을 비워내고
진심이 통하는 미소
어머니처럼 인자롭다

* 팔공산 관봉석조여래좌

오월, 마음의 풀밭

이른 아침, 아버지 풀 짐 지고 오신다
휜 등에 가득 담겨 환해진 논둑길이
기울진 어깨에 실려
출렁출렁 따라온다

허공을 닦으며 풀 짐이 걸어갈 때
물결처럼 솟아오른 종아리의 푸른 혈관
어린 날 풀밭 속으로
시간이 흘러가고

그 시간, 왜 지날수록 질기고 가벼워지는지
스스로 무성해진 마음 풀밭 풀을 벤다
아버지
노동의 뿌리가
초록으로 다시 선다

자귀나무 꽃 필 때
– 원피스에 대한 소고

끝부터 붉어지는 자귀 앞에 마주 서면
끊임없이 흐른 시간 파동으로 짙어진다

거꾸로 간 시간만큼
기억하나 불러오고

양지성당 공터에 신자들과 모여서
트럭으로 달려가는 가난하게 내민 손

원피스 후원받은 옷
작은 손이 시렵다

그 무늬 무늬대로, 색깔은 색깔대로
자귀나무 분홍빛이 깃털처럼 흐른다

바람에 주름 펼치듯
빛을 삼킨 불꽃이

추암마을에서

– 촛대바위

바다에 발을 묻고, 머리 위 하늘이고
불 밝힌 촛대바위 기도로 서 있다
어둠을 꾹 움켜쥐고 밤을 견딘 젖은 몸

허공을 밝힌 촛불 달 뒤편이 부풀고
쉼 없이 부서진 파도
수평선 끝 고요하다
꿈꾸며 바다색을 바꾸는 파도의 춤사위

눈 안에 출렁이며 물결을 따라가고
물결 닮은 주름 얼굴 뭍으로 닿기까지
발목에 단단한 침묵 마를 날 없이 젖어있다.

온종일 명경明鏡을 보며 바닥을 얻는 돌
서성인 그 모습이 등대처럼 빛나고
비릿한 슬픔의 뿌리 하루를 건너고 있다

편집의 일과

춤추는 별 언어들이 랜선 타고 도착한다
자모로 엮은 원고 하염없이 쏟아져
지구별 하루 일들이 충만하게 편집 중

줄줄이 딸려오는 원고를 들여다보고
여如느님 보기 좋게 작품을 배열하여
추억할 책의 갈피에 꽂을 손이 빨라진다

계절이 바뀔수록 늘어나는 한 권의 책
인간의 이지성을 극한까지 밀어붙여
무언가 만든다는 건 아름다운 일이다

이따금 손을 놓고 허공을 펼쳐본다
한 계절 떠나보낸 페이지를 향하여
담아 온 구덩이 반, 꽃 반
고뇌 앞에 엎드린다

휘파람 언어

전철의 흔들림이 박자를 넣는다
퇴근길 전철 안 사람들 사이를
지팡이 짚고 서성이는
눈먼 아이 지나간다

가시밭 정글 숲을 더듬더듬 헤쳐가듯
흔들리는 걸음으론 갈 수 없는 사람들 틈
얼굴을 스마트폰에 묻고
사람들은 무심한 척

듣는 사람 하나 없이 눈먼 아이 구걸한다
오늘도 바람결에 휘파람 날려가며
간절히 호소하는 기도송
멀리 가는 휘파람 언어

2부

궁평항

썰물을 보내놓고 뻘밭을 드러낸 채

궁평항 괭이갈매기 하얗게 울고 있다

항구엔 발목 잡힌 채 목선이 허기지고

떠나가고 떠나오는 수평선을 바라보며

궁평항 흰 파도가 하얗게 노래한다

물주름 웃음의 내력 갈피마다 출렁인다

장엄하고 아름다운 하모니가 퍼진 항구

만선의 서쪽 바다, 꿈을 꾸고 있는지

고깃배 출항을 멈추고 묵언 수행 중이다

유리구슬

명절날 이른 아침 외삼촌이 보낸 사진
짧은 머리 아이 시절 엄마가 내게 왔다
아이를 바라본 순간
직감으로 알아봤다.

오래된 일들을 겹겹이 마주서서
당신, 아이였을 때 그 어린 두 살 얼굴이
가슴에 안긴 작은 품
내 심장을 움직인다.

슬픔의 시험문제는 하느님만 맞히실까?
막을 수 있는 일과 막을 수 없는 일들
두 손에 쥔 유리구슬 어느 쪽이 더 많은지

낫달 행로

하루의 길이
또 다른 새벽으로
길을 튼다

자정 건넌 어간御間*에서
깜박 졸은 달의 행로

뒤늦게
낮에도 눈을 떠

창천 건너
서역 간다

* 御間 : 절의 법당이나 큰방의 한복판.

녹슨 철조망

인적 끊긴 철책선에 바람만이 드나든다
속살을 파고드는 적막 속 어두운 길
손발이 에일 때마다 맵찬 바람 마주 선다

뼈 삭는 묵언으로 정적만이 흐르고
보고픈 혈육끼리 멀고 먼 아득함에
살피는 눈치 분계선 그리움만 늘어간다

남겨진 선 하나에도 희망을 감고 있어
구부리는 몸짓으로 그리는 깊은 뜻은
한바탕 꽃들이 피고 지는 평화를 비는 맘

모든 날 모든 순간 울타리 걷어내자
날개 편 부전나비 경계선을 넘나든다
녹이 슨 철조망 너머 뭇별들이 돋는다

등이 멀다

내 등이 너무 멀어 외딴곳 닿지 않는다
닿지 못한 그리움 마주한 적 없는 곳

설계된
감각이 구축한

튼튼하고 허약한 뒤

갈퀴 손 지난 자리 솟다가 내려앉는
내 손길 닿지 않아 살이 되지 못한 상처

굽은 등
붉은 꽃 번지는

가깝고도 먼 그곳

먼, 독대

오래된 그 마음은 엄마의 봄을 닮았다

잠이 든 슬픈 가슴에 귀를 대보기도 했다

봄마다
새 울음 달고

내가 서 있다
그 자리에

바다의 문

푸른 바다 유영하던 수평선 바라본다
파도에 밀려와서 파도 흐름 타지 못한
바위 끝 작은 물고기 화석처럼 누워있다.

때 놓친 물결 속에 물길 잃은 물고기
물기 없는 바위는 재단裁斷없는 제단 되고
헤진 몸, 생의 거처인양 젖은 울음 출렁인다

흔들리는 물결에도 마음의 결이 있어
마음에 새겨놓은 물길 자국 따라간다
입구가 출구가 되는
아득한 바다의 문

반란

왼팔의 반란이 며칠째 지속 중이다
시간이 흐를수록 할 일이 쌓이는데
겉과 속 꿈의 시위를
파동으로 감지한다

기대할 팔이 사라져 통痛 울음 쌓이는 날
치료할 곳 찾지 못해 치료할 수 없어서
반란의 통증을 끌어안고
곳곳마다 서성인다

부서진 조각들이 아픔을 동반했다
오늘도 한쪽 팔로 무사히 건널 수 있을까
구멍이 밀리는 시간
가면 속의 두 얼굴

벽 속에 새긴 문

빛 드는 회벽 위에 일렁이던 그림자
화지에 그려가는 손처럼 어른거린다
지난날 그린 그늘 잡고
고요에 잠긴 시간

벽화 속 또 다른 길 통하는 문 만들면서
순간마다 움직이며 형상을 바꾸었다.
속내에 전할 말 새겼지.
마음 한 켠 무늬로!

그 속에 새겨진 아득히 흐릿한 길
그녀가 걸어갔을 두근거린 발걸음
벽 안에 열지 못한 문
꿈을 향해 내민다

벽화로 그려진 하루

온 종일 벽-멍하며 꼼짝 않고 앉은 창가
풍경 속 빛 응시하다 일순간 깨는 순간
내 방엔 부활을 꿈꾸는 변화가 생겼어요

세상의 바깥 어둠 그것들을 움켜쥐고
더이상 내려갈 바닥이 없는 그림자
벽면에 실금 근 도형이 너울로 춤을 춰요

생각 하나, 그림자 하나 기억의 실을 감을 때
벽면이 부풀린 무늬 그림자 받아 번지고
이마에 섬을 만드는 조용한 노동의 시간

볏 붉은, 미인초근美人蕉根

내 눈 속으로 붉은 꽃이 들어왔다.
담장을 움켜쥐고 이른 아침 선명하게

흥건히 바닥을 적시며
기진하게 볏 붉은

어머니의 어머니가 뿌리로 전해주신
장독대 옆 수채에서 담장으로 일어서

끝끝내 지혈 막아서려
지지 않는 기억 꽃

복제된 사랑

꽃말 찾겠다고
속에 말 찾겠다고

눈에 핀 뭉게구름, 어느 마음 열어볼까

아버지 세상 정원에서
흔들리는 뫼 꽃들

복제된 사랑

수레 끌며 오던 길마저 지우면서

중심 놓친 짐수레가 거꾸로 덜컹한다
달려온 세월 속에 엉성해진 뼈마디지만
한 가게 가족 울타리 품어온 햇살이다

긴 시간 속도의 틈 바퀴처럼 살아온 몸
깡마른 오그린 발 유모차에 의지하며
지나온 시간 속으로 수레 끌고 가는 그녀

주름만큼 뜨겁게 달아오른 뇌 신경세포
생기 잃은 파 뿌리처럼 무채색만 감고 돌아
야윈 생 삶을 기억하듯 달싹이는 여린 입술

이따금 찾아오는 앓고 있는 붉은 열병
현재는 잊은 채로 지난 일 붙잡고서
환했던
시간을 엮어
둥근 바퀴 휘달린다

시간의 뜀틀

골목길 돌고 돌아 저녁이 찾아오고
난로 위 빨래가 더운 열기 펴올리면

시계탑 시침과 분침
자전운동 시작한다

속도를 올리세요, 쉴 사이가 없습니다
컨베이어 돌고 도는 철야의 작업시간

하역장 푸른 작업복
발놀림이 부산하다

거꾸로 매달린 칼날 같은 초승달
분류할 상자들을 높이 쌓다 허문 시간

집하장 엎드린 등허리에
눈뜬 별이 차오른다

악의 꽃

휘감은 검붉은 손
악의 꽃이 피었다.

피어난 곳곳마다
달아놓은 가격표

마지막 자존심마저
앗아가는 넝쿨손

악의 꽃이 피어난다
넝쿨처럼 휘감고

보이는 곳곳마다
매겨놓은 과태료

숨겨온 비상금마저
앗아가는 검은손

여름꽃

산 넘어 걸어온 길
부딪치고 베어졌다.

네 마음 이내마음
격하게도 서럽더니

때늦은
그 장맛비가
여름 땀 멈춰 세웠다

산 넘어 지나온 길
바튼 숨 몰아댔다.

끊길 듯 끊어질 듯
이어진 그 아득한 길

상사화
툭! 고개를 꺾고
여름을 돌아
세웠다.

이태원 비가悲歌

이태원 좁은 골목에 어둠이 내린다
막을 수 없는 일과 막을 수 있는 일들
그 시간, 오래 서 있던 사람
어디로 갔을까요

걸을수록 넘어지는 경사진 골목길에
촌각을 다투면서, 흘러내린 검은 눈물
긴 한숨 짙은 어둠 속 헤매고 있을까요

서로가 밀어내다 떠밀려 휩쓸리고만
소속되지도 버려지지도 못한 저 사람들이
피 울음 속 심정지라니, 그 인파에 압사라니

어찌 믿을 수 있을까요, 어찌 놓을 수 있을까요
지켜보던 나무들도 눈물을 떨구는데
익명의 그늘 속에서, 어찌 보낼 수 있을까요

달빛에 상처를 말리다가 울음 운다
아이들의 비명소리 환청처럼 겹쳐
그 골목 쓰러진 자리에 붉은빛이 쌓인다.

천칭 저울

뒤축이 닳은 신발 발바닥이 축축하고
아버지 운동화 속 눅눅한 이끼 냄새
한평생 절뚝거리며 땀에 젖은 시간이다

굵어진 종아리에 내력 돋는 푸른 힘줄
휘어진 등짐 따라 둥근 어깨 무거우면
불거진 핏줄을 따라 근력들이 자란다

허리를 세우는 동안 우린 서로 멀어지고
푸른 나무 바라보다 중심이 흔들렸다.
아버지 놓친 저울이
땅으로 기울고 있다

편경사

바람이 부는 날엔 제 그늘 흔들린다
울음 조각 넘나들며 서성이는 아버지

상실을 꽉 붙잡고 선
부서지는 긁힌 마음

한 번 더 비상하려 다시 또 주저앉은
수시로 넘나든 길 흉터를 매달고 선

부르튼 헤진 발바닥
물집들이 생기고

튕겨 난 조각들이 조각으로 사는 동안
유전적 몸속 혈이 흩어지지 못하도록

둥글게 곁을 품은 손
밀어내지 않는다

협궤열차

입동立冬으로 달려가는 간이역에 서 있다

종착역을 모른 채 멈춰 선 바퀴를 보며

한 뼘 더 세상 쪽으로

몸을 밀어 붙인다

벽이 문이 되도록 두드리는 맨주먹들

어두운 곳을 향해 내려가는 뿌리들처럼

수인선* 눈물 자리에

입김처럼 서린 황혼

* 2020년 9월 12일 개통됨.

3부

기억의 시간

깃발을 기억하는 미묘한 촉수들
기억의 빈자리에 차지한 건 그리움이다

그날의 빗속을 헤쳐
광장에 선 소녀들

금이 간 석고상은 우리에 갇힌 응어리
소녀는 이 길에서 함께 걸은 아시아다

멀어져 명료해지는
기억의 꿈틀거림

하나의 파일처럼 하나의 동그라미
멀리 떨어져서 보면 더 잘 보이는

초점이 분명한 시간
무변無邊에 가 닿는다

끝없는 미장아빔

#1

비대면 미로 속을 걷는 길은 낯설다
재빠른 속도로 이인칭이 사라지고
마스크 가려진 표정들
도로를 질주한다

현실감 사라진 건 어디에나 마찬가지
자욱한 모호 속에 뒤엎은 지난 삶들
도시는 무한 팽창하듯
바람에 타전한다

#2

어제를 바꾸며 오늘을 받아들고
대화가 되지 못한, 말을 잃은 아이가
한 번도 살아본 적 없어
일상을 헤메이듯

날마다 해가 뜨고 날마다 해가 지는

나날이 반복되는 민낯의 풍경들
마주 선 거울 속 시간
무한히 살아있다.

꽃을 이끌고 가야지

한 그루 나무에서
만 그루의 어둠이 살아

벌레 먹은 나뭇잎
그 사이로 별이 떴다.

가을은 붉은 내력을 벗은
불꽃들의 집합체

맺혀있는 물방울에
무지개도 걸리고

근육질 가지마다
보석이 반짝인다

자신의 뿌리 끝 영혼을
향해가는 순례의 시간

도심 속 기린

공터마다 서성이며 목을 세운 기린이
개발을 앞세우고 도심 속을 활보한다

크레인
로봇 춤 괴성
신축건물 솟아난다

최신식 굴착기로 껍질을 벗겨내고
평평하게 다진 땅에 새로 솟은 신도시

시멘트
계획도시에
푸른초원 사라진다

제집을 갖지 못한 초년생 공략하고
등뼈의 검은 무늬 그린벨트 잠식하는

뿔 젖은
수렵시대가
도심 속에 펼쳐진다

매복 사랑

숨어서 돋은 사랑
치명적 아픔이다

어금니를 밀고 밀어
사랑니가 자라면서

금이 간
그리움처럼

견디고 있는
너와 나

맨발로 건너온 너

말 없는 것들과의
교류는 너그럽다.

칼바람 파동에도
침묵 중인 한그루

꼼지락,
새 눈 틔울 준비
봄물 가득 고여오는

별의 예禮

별들도 어둠에 예의를 갖춘다

자기만의 빛으로
고요의 중심에서

적당히
눈부시지도 않게

화답을 보낸다

빛이 쏟아지는

우리는 늘 네모난 세상에 살아가요
언제나 모니터 앞에 앉아 있잖아요

곤혹의 불빛인가요
창이기도 하잖아요

각이진 세상으로 쏟아지는 빛을 향해

초록 창 기대어 선
은유의 젖은 날개

정보의 홍수 속으로
눈에 빛을 밝혀요

사월 참척慘慽

푸른 선 한 줄 금에 뜬 아이들의 목소리
꿈인 줄도 모른 채 서로 불러 보겠지
세월호 수학여행 길
찬비 되어 내린 날

바람 속 결을 따라 떠도는 재잘거림
괜찮아, 꿈이 있으니까, 꿈꾸는 것은 아픈 것
진도 해 적막한 소음
종일토록 견딘다

동호와 정대가 맞잡은 젖은 두 손
울음의 기록 남기며 눈물샘에 도착해
연거푸 내 손을 잡은 아이
다시 오는 낯선 사월

서성이는 사람들
－ 수원역 무료 급식소

일용할 양식 앞에 남루를 걸친 사람
어둠의 역 서성대는 외로운 그림자들

건너편 골목의 불빛이
눈동자에 어룽진다

맨바닥 동전 한 닢 손바닥에 놓인
사방을 두리번 모포 끌어 올리는 이

계단에 쪼그린 그늘
서녘 빛이 말리고 있다

성수聖水처럼

한여름 소낙비 쏟듯
내리는 은총을

쉼 없이 흘러내리는
그 눈물의 수직성을

내 머리 위 정화수처럼 맞을 수 있을까

한겨울 눈꽃 피듯
내려오는 영광을

하얗게 덮어버리는
그 눈꽃의 수평성을

내 이마에 세례수처럼 그을 수 있을까

소소클럽*

우면산 살롱 터에 신명 난 한판 놀이
소리꾼과 소설가가 끼를 한껏 겨룬다는
빌딩 속 신들의 놀이터 예술의전당 찾은 날

소리꾼은 읽는 소리 청각으로 풀어가고
소설가는 듣는 소설 촉각으로 풀어갈 때
소소한, 소소하지 않은 대가들의 하룻밤

악과 막 신의 영역, 꾼이 꼴을 풀어가면
가락 탄 흥겨움에
언어 속 이야기들
꾼 사이 세계관 충돌이 객석을 꽉 메웠다.

* 이자람 소리꾼과 김애란 소설가의 대담

악공

이번 생은 잠시 머문 거처일까요

떨림을 어쩌지 못하는 울림통

음계를
기억해내는데

하루를
바친다

어른이 된다는 것은

서글픈 사랑이 있다
사랑하는 뇌에는

주는 사랑, 받는 사랑이 한결같지 않은 일

세상사, 통제할 수 없음을

무력감 없이
받아들이는

우리들의 해시태그*

서서도 뉘어서도 너와 나 엮은 우물
서로 가둔 우물에서 하늘을 우러르고

가는 줄
반음 올려진
발목들이 시리다.

네가 있는 배경에 나를 그려 넣고
중심을 꽃피우려 사계절이 흘러간다

서로의
어깨를 기대고 선
동그라미 울타리

많은 일이 있었고 많은 시간이 흘렀다.
나를 가둔 시간 비었다고 생각하지 말자

그 안에

무엇이든 채워
우리만의 리그 태그

* 특정 핵심어 앞에 '#' 기호를 붙여 써서 식별을 용이하게 하는 메타데이터 태그의 한 형태.

얼룩말 노래

후미진 말의 골짝 우리에서 태어났지
철창에 갇혀있는 소리를 얻기까지

제 안에 가둔 울타리
점점 뚫고 나온다

바탕엔 장조에서 뱉어낸 백의 무늬
그늘진 단조에서 삭히는 흑의 소리

생이 좀 얼룩지면 어때
노래하며 가는 거지

울음인지 노래인지 몸속에서 튕겨 나온
무성한 소리가 키우는 모호한 말

온몸에 터진 비명이
얼룩덜룩 솟아난다

일제히, 초록

나무의 비밀을 읽는다
바람과 내통하는

바람 쪽으로 고개를 돌린다
지나가던 새들이

푸른 생
나이테를 짚고
로드맵을
펼친다

초성 넝쿨

ㄴ, 눈, 눈구멍, 또록또록, 구르는 바람

어엿한 내 꿈에 당신을 심어두고

바라본 혼과 혼이 가만히 닿는다

내 눈길 맞닿은 자리

이완의 숨
길을 튼다

ㄱ, 귀, 귓구멍, 사각사각, 동굴바람

열렸다가 닫히고 다시열리길 기다리는
터널을 통과하며 소리에 기댄 사람들

문과 막 두 개의 극단으로

어둡거나,
설레거나,

ㅅ, 손, 손가락, 스륵스륵, 갈퀴바람

밤새 잠을 설쳤다
문 두드리는 심정

내 앞에 막힌 문은 어디에서 열릴까

놓은 손
가벼워 질 때
잠긴 문은 열린다

플라스틱 꽃

언제나 네일아트 자체발광 손 네온
귀퉁이 열평짜리 점포에 둥지 틀고

더 예쁨
자본주의자
하나 둘 들어온다

어느 꽃집처럼 손톱과 발톱위에
입김을 호호 불며 인조꽃을 피운다

거울 앞
서둘러 변신한 꽃
눈길을 사로잡아

물을 먹지 않아도 점점 더 커지죠
캡슐속에 살면서 향기를 읽을수 있어요

그런데
자꾸만 궁금하네요
여기도 꽃밭일까요

4부

길 위의 작은 행성

빛나는 별이 흔들린다
꽃과 잎과 물이 함유된

이따금 카오스에서 코스모스를 발견한

축과 축 직교 속에서
행성은 좌표를 얻었다.

한밤엔 어둠 속을
한낮엔 한 줌 볕 속

시간 속에 걸쳐 놓은 무지개 돌고 돈다

길 위에 피웠다 사라지는
바람 지문 파종한

공원길 행성이다
궤도를 달려 나온

잎맥의 문서에 유전을 기록하며

맞물려 돌고, 돌아가는
이슬 맺힌 코스모스

도시는 늙지 않는다

일 년의 변화들이 시시각각 다가온다
새로운 풍경 중에 구석구석 옛것이 있고
아는 곳 정겨운 것에
마음이 포근해진다.

할인매장 문틈을 빠르게 통과하며
가속으로 지나가는 전철도 떠나가고
하루를 놓친 발걸음
인파 속을 지나간다.

바쁜 도시 함께 모여 빠르게 돌아갈 때
어디까지 왔는지 주변을 둘러본다
내 등을 떠밀고 있는
시간은 무엇인지

찬란한 청춘들이 함께 모여 가는 길
울며 웃으며 꿈꾸기 때문인가.
도시 속
버튼의 시간은
가속으로 돌아간다

밀밭 평원

– 우크라이나의 난민

세상의 꽃들이 낯선 봄을 앓고 있다

  힘없어 떠나는 피난길 혼돈 속에 국경을 갇히고 흔들리며 가는 봄, 이 별의 곳곳에선 포성이 분분하다. 거친 생의 숨결이 광야를 향해 내딛고, 포격 속 난들은 불안한 발길을 옮긴다. 길 잃은 바람처럼 우크라이나 쪽 서부로 가야할지 러시아 쪽 동부로 가야할지 몰라, 갈팡질팡하는 돈바스 난민이여, 빼앗은 자, 빼앗긴 자 서로 총을 겨누고 총소리 멈추기 위해 떠나는 사람들 적막 깬 소리 사이에 고개 숙인 해바라기

  들판에 서로 기댄 채
스크럼을 짜고 있다

발라라이카Balalayka*

1
유라시아 사회주의 블라디보스톡 공항에서
무슨 연맹과 여맹, 자아비판 뜨거운 색
머나먼 이국에서 본 악기를 담아왔지

세 가닥 줄과 줄이 나란한 선線의 세계
굴촉성 찰현악기 가만히 현을 뜯으면
제 몸의 공명통 울림
가슴으로 잦아든다

2
삼각기둥 표면에 태엽을 감으면
오르골 시간여행 풀리는 양 흐르는
손끝에 따라온 이념들이
소리 되어 흩어진다

이국적으로 울린 소리 낯선 나무 향기에
세로로 키 맞추고 음계의 서열 익히며
전해 온 유전의 품속으로 회귀하는 꿈을 꾼다

* 우크라이나 일대에서 탄생한 민속 현악기 이지만 현재의 삼각형태로
만들어진 것은 19세기 러시아 악기이다.

불안의 형국에서
― 해바라기*

말과 말, 생각 사이
불협화음 세상이다

밤낮없는 포탄 소리
폐허 속 흔들리며

국경선
꽉 끌어안고

오열하는
노란 꽃

비의 장막

허공을 오르내리는
순환하는 저 무대

노선이 흩어져도
기다리며 다시 서는

지상에 물기둥 세워
신전을 짓고 있네

새의 언어

씨앗 문
새가 울자
낱말 소리
쏟아진다

흰 구름
베어 문
무채색의
언어로

귓바퀴
울리는 공명
풍경諷經 소릴
엿듣는다

손가락 피아노

– 칼림바

1.

사각의 전철에서 무음의 손가락 타법
마주 앉은 사람들이 저마다 펼쳐본 폰
손가락 쉴 사이 없이 세상 밖과 접속 중

2.

태어날 때부터 손가락이 네 개인 희아
남보다 부족한 힘, 피아노 배운 시간
양 엄지 피아노 치며 오케스트라와 협연 중

3.

같은 곳 다른 소리 건반 위에 흑과 백
가슴 속 울음으로 울림을 찾아가서
텅 빈 속 칼림바 소리 내 마음을 조율하네

수중세계를 품다

- 서운암에서

지상과 지하를 둘러보는 물속화가다
가상과 현실로 둘러싸인 수중세계
그 못에 가득 담긴 물 서운암에 펼쳐진 날

시간이 빚어내는 우주의 삼라만상
물속에 글과 그림 새겨 넣는 손끝마다
옻 판에 새겨진 형상이 꿈틀대며 살아난다

칠천 년 선사부터 흘러온 생生의 향연
고래와 담비가, 어부와 왕궁 이야기가
새까만 우주 속 공간
설화設話로 생성되고

수면을 넘나드는 암각화巖刻畵 세상 열면
겉과 속 경계 넘어 선禪의 꽃 피어난다
저 손길 점입가경에 수중세계 열린다

시베리아 횡단열차

열차는 레일 타고 깃발 향해 달리고
내 마음 천막 치고 어깨에 두른 띠

홀로 선 만주 벌판에
낮달만이 서럽다.

화물칸에 앉아서 가는 곳도 모른 채
바람이 부는 쪽을 견디는 금 간 얼굴

희미한 눈망울 속에
그가 언 듯 보였다

구름이 막을 내려 수의처럼 펄럭이고
시베리아 눈발 속을 꿈꾸며 달려갔을

발해의 혈맥을 찾아
평원 위를 달린다

우리의 봄은 지나갈 뿐인가

꽃잎 져야 잎이 돋듯
보내야만 당도하는

찬란 어둠 깃 속에
색을 밀며 가는 바람

가거라
오는 봄이여

찬란한 내일 오리니

유리 도시

― 마천루

바닥부터 흔들리며 공중까지 아찔하다
바람의 저 도시는 끊임없이 움직이고
마천루 하늘에 닿는 집 수직으로 날아오른

접었다 펼쳐지며 다가오는 몽촌토성
들쭉날쭉 빌딩 숲에 눈을 뜨는 저녁 오면
강 건너 물 위를 적시는 마천루의 불빛들

층층 쌓인 슬픈 서사 유리 바닥 디딜 때
바닥에서 바라본 흔들리는 허공의 별
수만 겹 일상을 옮겨 유리창에 걸어둔다

초록 품은 환경 교과서

꽃마리 혀처럼 한낮의 옹알이처럼
꽃과 연두 그 자체로 식물적 삶을 산다
록綠 품은 환경 교과서 책장을 넘기듯이

떨어질 너 아니고
떠날 나 아니듯
어린 숨을 내쉬며 푸르게 자라는 잎
사계절 꾹 삼킨 눈물, 떨어지지 마라

한소끔 하얀 향기 웃는 오늘은
그늘 속 신음들이 나이테를 만들었다.
숲속은 초록을 품은
판도라 환경 교과서

탄소발자국

내 입김 마셔주던 나뭇잎 사라지고
도시 외곽 공장지대 굴뚝 기둥 솟은 만큼
시멘트
미세먼지 쌓여
창문 밖을 점령했다

뿌리 썩은 병든 나무 오존층은 사라지고
오염된 공기 들이켜 폐 속이 타들어간다
구멍 난
뼈 관절마다
앓고 있는 골다공증

시베리아 얼음 언 땅 만년설 빙하 녹아
어미 잃은 사향노루, 순록도 길 떠나는
뜨거운
설국의 눈물
몸살 앓는 지구의 몸

탄타로스의 갈증

저 물과 구름과 나무와 인간의 꿈
별의 뿌리를 잡으려는 간절한 손목들

접촉이 접속으로 변한
우주의 파장속에

세상의 바깥에는 푸른 밤의 공기 입자
하루하루 변형되는 세계가 존재한다

눈앞에 넘실거리는 물
만지는 순간 물러나는

플랫폼

정거장에 시작해 정거장에 머문 하루
생산 소비 연결하는 일상의 빠른 전달
시스템 사각 노동자
속도 담보 배당된다

구글 애플 페이스북 아마존이 엉켜있어
물건을 쓰기 전에 정거장에 접속한다
아마존 신재생 시대
언제 다시 올런지

신상을 받기 위해 내게로 속전속결
누군간 식음 앞에 기계가 되어가고
플랫폼 문어발 세상
빠르게 돌고 돈다

해금

가슴에 새긴 박자
음표를 그려 넣고

낭창한 가는 허리 쥐었다 풀어주면

홀연히 손가락 끝에
돋아나는 동심원

무릎에 앉힌 해금
줄 사이 활을 긋자

서로의 밀도는 견딜수록 정확하고

마음속 중심을 찾아
나를 채우는 소리

허공 포옹

    – 홀로그램

영원을 기억코자 영혼을 압축해요
바람을 베어 물고 엄마와 딸 AI로봇
사차원 가상현실에서
서로인 듯 만나요

아카시아 꽃잎 필 때 감자 꽃도 피었고
나비 혼 굳은 관절 빙빙 춤출 수 있죠
눈부신 무지개 밟고 홀로그램 만들어요

오늘은 너의 생일 소원을 말해 보렴
더 많이 울지 않고 사랑할게, 편지를 쓰네
이상은 휴머노이드 허공 딛고 피어올라요

꿈만 같아요, 바람 속 태풍의 눈처럼
아무도 모르게 있고도 없는 홀로그램
한 공간 같이 있지만
너와 나는 다른 세계

고립된 해방

내 곁 떠난 반란이 세상 밖에 흘러넘쳐
무늬만 먼지 위에 음각으로 선명하고
바람에 흩어진 입자들 음절로 피고 있다

연대도 사조도 연결고리도 없이 살아
자유로운 영혼들은 고독이 필수재라며
언제나 자체로 빛나는 참 멋진 패러독스

유폐된 시간을 나만의 시간으로
고립된 시간은 고립된 해방으로
심오한 피안의 세계 또 다른 명랑한

나의 성城 나여야만 나답게 살 수 있지
속도에 맞게 사는 나다움이 일어설 때
몬순풍 바람 불어와 허공을 밟고 있다

꿈의 몸짓과 생명의 시학

차성환(시인, 문학평론가)

임영숙의 시조는 전통적인 시조의 문법을 기본으로 하지만 그 틀을 자유롭게 넘어서는 운율감을 큰 특징으로 한다. 이 운율상의 보법步法은 사물에 대한 깊이 있는 사유를 바탕으로 꽃과 바다와 같은 자연의 완상玩賞에서부터 현대 문명에 대한 비판에 이르기까지 자유자재로 운용되면서 우리 시조의 현대적 감각을 개성 있게 드러내고 있다. 그만이 가지고 있는 이 호흡은 언뜻 정형시라고 눈치채기 어려울 정도로 들숨과 날숨, 밀물과 썰물처럼 자연스러운 리듬을 만들어내고 자신의 사유와 정서를 효과적으로 담아낸다. 그리고 이 호흡은 자신과 타자의 만남에서 체득된 것이다. 임영숙 시인은 타자와의 교호交互작용을 통해 사랑의 일을 배우게 된다. 그의 시조는 자신의 내밀한 기억과 상처를 들여다보는 일에서 출발해 타자의 아픔을 어루만지고 공명共鳴하는 일로 나아간다. 그렇게 임영숙의 시조는 하나의 소리에서 기원했을 것이다.

기울인 왼쪽 귀에 외계인이 사나 봐요.
집중하면 할수록, 조용하면 할수록
두 두 두 심장 뛰는 소리
어둠 속에 들려요

며칠을 품고있어도 나올 생각 없는지
심장 소리 안고, 맥박 소리 달고
달팽이 이비인후과에
달팽이 의사 만나요

안경 낀 늙은 의사 더듬이가 날 봐요
고막이 말렸어요, 발살바 호흡해요
검이경 탐지하는 동안
컴퓨터에 접속해요

모스 부호 같은 말들 내 귓속에 울려요
누구의 타전인지 소리 깃이 겹쳐와요
동굴 속 또 다른 기척

언제쯤 괜찮을지
　　－「귓속에서 심장 뛰는 소리가 들려요」 전문

　시인은 갑자기 이명증耳鳴症이 생긴 모양이다. 며칠 동안 "왼쪽 귀"에서 "심장 소리"와 "맥박 소리"가 뚜렷하게 들리기 시작하고 증상은 나아지지 않는다. 그것은 마치 내 "왼쪽 귀에 외계인"이 살고 있는 것과 같은 낯선 체험이다. 결국 시인은 "달팽이 이비인후과에/ 달팽이 의사"를 만나러 가게 되는데 이를 묘사하는 장면에서 마치 동시조와 같이 재밌는 상상력과 발랄한 문체를 유감없이 보여준다. 이명증은 귓속 기관의 이상으로 생기는 병이 아니라 '나' 아닌 이외의 것이 내안에 거주하면서 '나'에게 어떤 신호를 보내고 있기 때문이라는 진단은 의미심장하다. 이 증상은 포기해야 할 것이 아니라 집요하게 붙들고 있어야한다. 이명증은 우선 내 안에서 요동치는 소리에 집중할 것을 요구한다. 이명증 때문에 일상생활이 불편하지만 그것은 지금의 내가 현실과 불화하고 있으며 어떤 결핍이 있다는 증거이다. 일상적인 의사소통만 가능한 세계에서는 시 쓰기는 불가능해질 것이다. "누구의 타전인지" 모르는, 내 안의 "동굴 속"에서 내가 모르는 또 다른 목소리가 들려온다. 그 "모스 부호 같은 말들"의 의미를 해석하는 것이 시인의 임무일 것이다. 그리고 그 "동굴 속"에는 "또 다른 기척"이 들려오기 시작한다. 시는 일상어와는 다른 문법을 가지기에 내

가 내 안의 다른 이질적인 목소리를 갖게 된다는 것은 곧
시인의 증표와 같다. 이명증이란 현실 세계에서는 고쳐야
할 병이지만 시인에게는 시의 나랏말을, 그 방언의 세계를
맞이할 수 있는 고통스럽지만 기꺼이 즐거운 증상이다. 임
영숙 시인은 자기 내면의 "심장"과 "맥박"에서 솟구치는
"소리"에 귀 기울이면서 스스로 몸의 리듬을, 그리고 시詩
의 리듬을 찾는다. 그것은 시의 근원을 찾아가는 내밀한 모
험이기도 하다.

새벽마다 두런두런 기도 소리 들리고
안방의 말소리가 뒤척이며 이어진다

밖으로 이어진 세상은
어슴푸레한 미명이다

아버지의 잦은 기침, 어머니의 신경통
골목은 내 잠을 썰물처럼 밀어내고

어딘지 알 수 없는 곳
그 길 향해 달린다

꿈처럼 들꽃처럼 세상에 피고 지며
어릴 적 세상 밖을 걸어가신 당신이

한세상 이끌고 있다
그늘 속에 피는 꽃

- 「꽃피는 그늘」 전문

　　인간이 세상에 나와서 최초로 듣는 소리는 부모의 목소리일 것이다. 아이는 부모에게서 말을 배우고 세상의 이치를 깨우친다. 아마도 시인의 유년에는 "아버지"와 "어머니"가 나누는 "안방의 말소리"가 세상을 이해하는 하나의 척도였을 것이다. "새벽마다 두런두런 기도 소리"와 함께 "아버지의 잦은 기침, 어머니의 신경통"이 어린 '나'를 잠들지 못하게 했던 듯하다. 그때 들었던 유년의 '소리'는 지금은 사라지고 없지만 평생의 기억 속에 남아있는 소리일 것이다. 시인의 몸에 새겨진 문신과 같은 언어일 것이다. 그리고 소리의 발원지에는 '당신'이 있다. '당신'은 "꿈처럼 들꽃처럼 세상에 피고 지며/ 어릴 적 세상 밖을 걸어가"셨다. 세상에는 빛과 어둠, 명암이 있고 꽃이 피고 지듯이 삶과 죽음이 서로 갈마드는 것이 우주의 이치이다. 세상에 '소리'를 남기고 떠난 '당신'은 추측건대 이 시조집의 여러 시편에서 죽음과 연관해서 언급되고 있는 '아버지'이지 않을까 싶다. 시인은 '아버지'에 대해 다음과 같이 추억한다. "아버지 운동화 속 눅눅한 이끼 냄새/ 한평생 절뚝거리며 땀에 젖은 시간이다// 굵어진 종아리에 내력 돋는 푸른 힘줄/

휘어진 등짐 따라 둥근 어깨 무거우면/ 불거진 핏줄을 따라 근력들이 자란다"(「천칭 저울」). "이른 아침, 아버지 풀짐 지고 오신다/ 휜 등에 가득 담겨 환해진 논둑길이/ 기울진 어깨에 실려/ 출렁출렁 따라온다"(「오월, 마음의 풀밭」). 쉽지 않는 삶을 살다간 아버지를 애도하는 시편들이 먹먹하다. 생이 감당하기 힘든 노동에 시달리는 육친의 이미지는 고통스럽고 애잔하다. 생生이 있는 빛의 자리에서 물러나 죽음의 자리인 "그늘 속에 피는 꽃"은 일찍 세상을 떠난 '아버지'를 암시하고 있다. '소리'를 가진 존재는 사라지지만 그 '소리'는 기억 속에 살아남아 있다. 그 '소리'는 "꿈처럼 들꽃처럼 세상에 피고 지"는 소리일 것이다. 그리고 "노도 속 아버지의 삶/ 흙 속에 묻힌 생"(「끝나지 않는 시간」)이 세상에 남긴 것은 "울음 조각"("울음 조각 넘나들며 서성이는 아버지"-「편경사」)이었다. 그것은 '아버지'가 세상과 싸우고 부딪히면서 만들어내는 소리이다. "울음"은 죽음으로 사라질 수밖에 없는 뭇 생명들이 근원적으로 품고 있는 소리이다. '아버지'가 "그늘 속에 피는 꽃"이듯이 우리 도처에는 한순간에 피었다 지는 무수한 생명의 '꽃'들로 가득하다. 그들은 모두 각자의 울음을 끌어안고 살아가야 하는 생의 숙명을 타고 난다.

　　숲속 길 그대 앞에 우연히 마주 선 날
　　깊고 작은 숨을 고르는 당신, 아픈가요!

푸른 잎 자랄 때까지
조금만 기다려요.

그 길에, 우리 서로 피었다가 물들다가
바람에 흩어진대도 내 말 좀 들어봐요

요 며칠 견딜 수 없어
푸른 무늬 못 버려요

혹 주먹 솟아나도
잘라내지 말아줘요
지면 위로 뿌리 올려 버티고 있는 것은
무언의 남겨진 말을 외치는 까닭이죠

방어기능 상태조차 잘라내려 한다면
흔적없이 가는 길, 그 시간 기다려요
선 자리 울음 새기며
뿌리 깊이 내려요

―「나무의 대화법」전문

시인은 "숲속 길"에 있는 '나무'와 마주하게 된다. '나무'
가 어디가 아픈지 "깊고 작은 숨을 고르"는 소리를 들었기 때문이다. 시인은 아직 다 자라지 않은 '나무'가 그만 생장을 포기하고 스러질까 봐, 그 걱정스러운 마음을 부드럽고 간곡한 청유형의 서술어로 담아낸다. '~해요' 체는 시인이 자주 사용하는 서술어인데 자칫하면 정형시 특유의 4음보가 줄 수 있는 경직된 호흡에서 벗어나 작품 전체에 경쾌한 음악성과 생기를 불어넣어 주는 역할을 한다. 「나무의 대화법」은 '나무' 뿐만 아니라 '나' 또한 피고 지는 존재라는 사실을 일깨워준다. 삶을 살아가고 존재를 지속시키는 것 자체가 고통이지만 우리는 혼자만 피는 것이 아니라 같이 피어있다. 우리의 생이 "바람에 흩어"져 사라지고 "흔적없이 가는 길"이 예비되어 있다고 하더라도 "우리"가 함께 피어있다는 사실은 큰 위로를 준다. 그렇기에 "서로"에게 "물들다"는 것은 중요한 일이다. "서로"에게 물드는 능력은 위로와 사랑의 능력이다. "그대"의 빛깔이 '나'에게 스미거나 옮아서 묻는 것은 "우리"가 "서로" 공명하고 있기 때문이다. "서로"의 아픔을 같이 울어주기 때문이다. "우리"의 "울음" 소리가 서로의 몸에 깊이 새겨지기 때문이다. '나무'가 "지면 위로 뿌리 올려 버티고 있는 것"은 이 연약한 육신을 부여잡고 살아가는 거 자체가 어떤 "말"의 증거이기 때문이다. '나무'가 남기고 싶은 "무언의 남겨진 말"은 우리가 잠시 머문 이 세상에서 같이 아프고 견디고 사랑했다는 말이 아닐까. 그렇기에 '나무'는 "선 자리 울음 새기며/ 뿌리 깊이" 내리는 것이다. 「나무의 대화법」은 우리의 생을 쉽게 포기하지 말고 서로의 "울음"에 귀 기울이고 함께 보듬어 살아갈 것을 노래하고 있다. 어떠한 악조건 속에 놓인 삶이라 하더라도 '그대'를 바라보고 '그대'의 "울음"을 듣고 있는 누군가가 곁에 있다는 사실을 일깨워준다.

　임영숙 시인은 우리 사회의 어두운 그늘에서 고통받는 사람들에 대한 연민과 공감으로 나아간다. "이태원 좁은 골목"에서 "서로가 밀어내다 떠밀려 휩쓸리고만""사람들"(「이태원 비가悲歌」)과 "세월호 수학여행 길"이 "찬비 되어 내린 날"에 "동호와 정대가 맞잡은 젖은 두 손"(「사월 참척慘慽」)을 기억한다. 일본군 위안부 희생자를 기리기 위한 '평화의 소녀상', 그 "금이 간 석고상"을 지키기 위해 "그날의 빗속을 헤쳐/ 광장에 선 소녀들"(「기억의 시간」)의 연대를 지켜본다. 우리가 일상에서 쉽게 외면했던 힘없는 자들의 모습을 다시 바라보게 만든다. "일용할 양식 앞에 남루를 걸친 사람/ 어둠의 역 서성대는 외로운 그림자들"(「서성이는 사람들-수원역 무료 급식소」)의 처지를 안타까워하고 "퇴근길 전철 안 사람들 사이를/ 지팡이 짚고 서성이는/ 눈먼 아이"가 "오늘도 바람결에 휘파람 날려가며/ 간절히 호소하는 기도송"(「휘파람 언어」)에 가슴 아파한다. 우크라이나-러시아 전쟁의 "밤낮없는 포탄 소리"에 "폐허 속 흔들리며// 국경선/ 꽉 끌어안고// 오열하는/ 노란 꽃"(「불안의 형국에서-해바라기」)을 바라보며 "빼앗은 자, 빼앗긴 자 서로 총을 겨누고 총소리 멈추기 위해 떠나는 사람들"인 "돈바스 난민"(「밀밭 평원-우크라이나의 난민」)의 슬픔을 읽어 낸다.

우리의 현실은 문명과 자본이 공모하여 온갖 착취와 개발에 몰두하는 바람에 점차 인간성이 박탈된 디스토피아의 세계로 치닫고 있다. 시인이 진단하고 있는 현실은 다음과 같다. 현대인은 "크레인/ 로봇 춤 괴성"이 들리는 "시멘트/ 계획도시"의 한복판(「도심 속 기린」)에서 살아간다. "도시 외곽"은 "공장지대"와 "굴뚝 기둥", "시멘트/ 미세먼지"로 채워지고 사람들은 "오염된 공기 들이켜 폐 속이 타 들어간다"(「탄소 발자국」). "AI로봇/ 사차원 가상현실"이 만들어낸 "홀로그램"(「허공 포옹-홀로그램」)에 중독된 사람들은 진정한 만남의 의미를 상실한 채 가짜 행복에 둘러싸여 살아간다. "구글 애플 페이스북 아마존이 엉켜있"는 "플랫폼 문어발 세상"에 놓인 "노동자"의 "하루"(「플랫폼」)는 암울하기만 하다. 임영숙 시인은 이러한 날카로운 현실 비판을 통해 자본과 문명의 속도를 쫓지 말고 존재가 가진 본연의 소리에 깊이 천착해야 한다는 것을 역설하고 있다. 곧 자신의 울음과 타자의 울음을 듣는 것이 생명의 회복이고 인간성의 회복이다.

임영숙 시인은 타자의 울음소리에 귀 기울이고 그 생의 무게를 가늠하는 자이다. 그의 시에는 꽃과 나무와 같이 지상에서 하늘로 솟은 수직의 이미지가 두드러지게 나타난다. 지상에 발을 딛고 서 있다는 사실 하나가 삶의 고통을 꿋꿋이 이겨낸 존재의 현현顯現에 다름 아니라는 것을 증명하고 있다.

바다에 발을 묻고, 머리 위 하늘이고
불 밝힌 촛대바위 기도로 서 있다
어둠을 꾹 움켜쥐고 밤을 견딘 젖은 몸

허공을 밝힌 촛불 달 뒤편이 부풀고
쉼 없이 부서진 파도
수평선 끝 고요하다
꿈꾸며 바다색을 바꾸는 파도의 춤사위

눈 안에 출렁이며 물결을 따라가고
물결 닮은 주름 얼굴 물으로 닿기까지
발목에 단단한 침묵 마를 날 없이 젖어있다.

온종일 명경明鏡을 보며 바닥을 얻는 돌
서성인 그 모습이 등대처럼 빛나고
비릿한 슬픔의 뿌리 하루를 건너고 있다
            -「추암마을에서-촛대바위」 전문

동해시 북평동 추암마을 바닷가에는 근처 바위들과는

다르게 하늘을 향해 길쭉하게 솟아있는 특이한 형태를 가진 바위가 있다. 그 모양이 촛대와 같다고 하여 '촛대바위'라고 부른다. 시인은 이 "촛대바위" 앞에서 그 사물의 존재를 사유한다. "바다에 발을 묻고, 머리 위 하늘"을 향해 뻗은 "촛대바위"는 마치 촛불을 밝혀 "기도"하고 있는 듯한 형상을 하고 있다. 아마도 시인이 새벽 수평선에서 솟아오르는 태양이 "촛대바위"의 꼭대기에 걸린 해돋이의 풍경을 시적으로 절묘하게 포착해낸 순간일 것이다. 태양이 뜨고 사위가 밝아지면서 밤새 "촛대바위"의, "어둠을 꾹 움켜쥐고 밤을 견딘 젖은 몸"이 드러난다. "촛대바위"는 바닷가에 서 있기 위해서 "쉼 없이 부서진 파도"를 견디고 "발목에 단단한 침묵"을 지켜내야 했다. "촛대바위"의 몸은 수도승이 도를 닦는 것처럼 "온종일" 바닷물의 맑은 거울에 제 모습을 비춰보면서 얻어낸 것이다. 오랜 시간 자신의 존재를 바라보고 "파도"의 시련을 이겨낸 "촛대바위"는 비로소 촛불을 밝혀 기도하는 형상을 얻게 된다. 그 모습은 마치 어둠 속에서 스스로 불빛을 비추는 "등대"와도 같다. 배가 칠흑 같은 어둠 속에서 항로를 찾지 못하고 헤매일 때 "등대"의 불빛은 유일하게 제 갈 길을 일러준다. 사람들이 '촛대바위'를 찾는 이유도 단순히 그 기이한 모양 때문만이 아니라 오랜 시간의 단련과 기도로 누군가를 위한 선한 표식標式으로서 그곳을 지키고 있다는 믿음 때문일 것이다. 그리고 시인은 한발 더 나아가 "촛대바위"가 우리 눈에는 보이

지 않는 바다 밑으로 "비릿한 슬픔의 뿌리"를 내리고 있음
을 깨닫는다. 괴로움으로 끝이 없는 고해苦海와 같은 바다
는 우리 삶에 대한 비유이다. 그 바다를 견디고 살아가기
위해서는 "비릿한 슬픔"을 내면에 꾹꾹 눌러 단단하게 만
들어야 한다. 세상의 사물들이 제 모습을 지키고 있는 것은
좀처럼 쉽지 않은 일이다. 자기 몫으로 주어진 존재의 슬픔
을 견디며 삶의 거친 풍랑과 외로운 싸움을 해야 하기 때문
이다.

<blockquote>

뜨거울 때 꽃은 핀다
핀 음절이 말이 되듯

하고 싶은 말처럼
고백처럼 대화처럼

도무지 알 수 없는 말
다 못 써 가득한 섬광

</blockquote>

–「꽃의 전언」 전문

　이제 세상의 꽃을 아무런 감흥 없이 보지 못하겠다. "꽃"
이 피는 것은 그 존재 스스로 뜨겁게 열정적으로 살아있다
는 뜻이다. "꽃"은 자기 존재의 피어남을 통해서 우리에게
어떤 "말"을 건네고 있다. 자신의 생에 담긴 슬픔과 울음은

모두 언어화할 수 없기에 "도무지 알 수 없는 말"처럼 보이지만 "꽃"은 내면에서 끌어 오르는 "말"들을 "다 못 써 가득한 섬광" 자체로 존재하는 것이다. 꽃이 피는 것은 스스로 존재의 고통을 말없이 견뎌냈기 때문이다. 꽃과 마찬가지로 인간을 포함한 뭇 생명은 있는 그대로 손쉽게 주어진 것이 아니다. 각자 세상에 날 때 자기 몫으로 받은 울음을 오랜 시간 안으로 삭이고 삭이면서 비로소 피어날 수 있는 것이다.

들판에 부려놓은 바람의 난장亂場, 난장
피고 지는 꽃들 사이 매일이 혁명이다

줄 댄 채 줄로 얽힌 판
민초들의 날 샌 파동

들판 위 울음들로 모여 맺은 열매들
쏟아붓는 볕살 공습 뿌리째 흔들린다

옆으로 밀려 선 자리
우듬지를 향하며

들판엔 저마다의 향기로 대화하는데
포자처럼 떠도는 말, 내 귀를 간질인다

나, 이제 투표할래요
꽃, 나무, 강, 바다에게

- 「들판 정치」 전문

　"들판"에 멋대로 "피고 지는 꽃들"은 "민초들의 날 샌 파
동"이자 "난장亂場"과 같다. 그리고 "들판"에 맺힌 "열매들"
은 이 무수한 "울음들"이 모여 맺힌 결실이다. "들판"에 모
여있는 모든 생명들은 "저마다의 향기로 대화"를 하고 '나'
는 그 "포자처럼 떠도는 말"에 귀 기울인다. 우리가 지지하
고 믿어야 할 것은 이 자연 속에 있다. "꽃, 나무, 강, 바다"
도처에 자기만의 생生을 힘겹게 피어 올리고 살아가는 존
재들이 있는 것이다. 우리는 이제 생의 비의秘意를 깨닫는
다. 세상에 아무리 보잘 것 없는 미물이라고 하더라도 그들
의 삶 자체가 각자의 "울음"으로 쌓아 올린 "혁명"이라는
것을. 그리하여 우리의 생은 기적이고 혁명이다.
　임영숙 시인은 존재의 슬픔과 울음을 감별한다. "마음속
중심을 찾아/ 나를 채우는 소리"(「해금」)에 집중한다. "자
기만의 빛으로/ 고요의 중심에서"(「별의 예禮」) "울음인지
노래인지 몸속에서 튕겨 나온/ 무성한 소리가 키우는 모호
한 말"(「얼룩말 노래」)을 받아 적는다. 세상에는 "바람의
결을 따라 떠도는 소리"(「백색소음-폭설이 내리는 풍경 속
에 내가 있다」)들로 가득 차 있고 그 울음소리를 받아적는

것이 곧 시인의 임무이다. 시조집『들판 정치』에는 세상의 꽃과 울음이 가득하다. 꽃과 울음의 시학이라 할 수 있겠다. 울음은 존재가 감당해야 할 숙명이며 바로 이 울음을 통해 존재는 성숙해지고 한 송이의 꽃으로 피어난다. 울음 없이는 꽃도 없다. 고해苦海와 같은 이 세상에 서로의 울음을 돌보고 보듬는다면 우리의 존재는 생生이 뜨거울 때 피는 꽃처럼 내내 아름다울 것이다. 서로에게 빛나는 꽃과 울음이 될 것이다.